남의 글을 먼저 써야, 내 글도 씁니다

'책 쓰기 해법은 남의 글 먼저 쓰기였다'

남의 글을 먼저 써야, 내 글도 씁니다

나애정 지음

생각의빛

CHAPTER 1

평범한 사람이 글 쓰면 오히려 더 공감한다

CHAPTER 2

처음부터 자신의 글을 쓰려하지 말라

프롤로그

이번에 《내 인생 첫 책 쓰기의 비법은 필사이다》 2쇄를 출간하게 되었다. 이 책은 《하루 한 권 독서법》이란 나의 인생 첫 책을 쓰는데, 큰 역할을 해준 필사에 대한 나의 경험 이야기이다. 책을 쓸 때, 남의 글쓰기인 필사부터 하면서 내 글쓰기를 하게 된다면, 글쓰기에 대한 부담감을 줄이고 글 쓰는 삶, 책 쓰는 삶을 살 수 있다. 책 쓰기도 곧 글쓰기이다. 책 쓰기에서는 특히, A4 2장이란 긴 글을 써야 한다. 짧은 글쓰기도 쉽지 않은데, 긴 글쓰기가 힘들 것이라고 아예 책 쓰기 도전을 하지 못하는 경우가 많다. 포기하기에는 책 쓰기의 놀라운 삶의 효과가 아깝다. 그래서 나는 《내 인생 첫 책 쓰기의 비법은 필사이다》을 통해서 책 쓰기를 위한 필사에 관한 경험과 노하우를 공유했다. 자판 필사를 주로 이야기했지만, 처음에는 손 필사부터 차근차근 시작해도 무방하다. 이 책을 바탕으로 핵심 메시지를 모아서 다시 이 필사 북을 제작하게 되었다. 필사 북에서는 그야말로 책 쓰기와 필사의 다양한 비법과 필사로 인한 삶의 효과들을 간접 경험할 수 있다. 필사 북을 읽고 필사하게 된다면 《내 인생 첫 책 쓰기의 비법은 필사이다》한 권을 읽는 것과 같을 것이다. 아무쪼록, 이 필사 북이 필사하는 계기가 되시길 바라며 필사 후 긍정적인 삶의 변화를 일으켜 원하시는 삶을 사시길 기원한다.

머지않아 필사하고 책 쓰기에 도전할 당신에게 이 필사 북을 바친다.

2024년 9월 이른 아침에.

CHAPTER 1

평범한 사람이 글 쓰면
오히려 더 공감한다

평범한 사람도 책을 쓰는 시대이다

평범한 사람 누구나 책을 쓰는 시대이다. 누구나 책을 쓸 수 있는 이유는 나의 메시지와 경험과 노하우가 있으면 책을 쓸 수 있기 때문이다. 자신만의 경험, 노하우, 메시지가 없는 사람은 없다. 그것을 찾아 글로 표현하는 연습을 한다면, 누구나 책을 쓸 수 있다. 특별한 재능을 타고나지 않아도 된다. 예전, 나는 글 쓰는 재주는 타고나야 한다고 생각했었다. 하지만 아니었다. 책의 장르는 다양하다. 자기계발서는 자기 삶의 경험과 노하우를 가지고 있다면 충분히 쓸 수 있다. 그렇다. 자기계발서로 책 쓰기를 시작하고, 그다음에는 본인이 원한다면 다른 장르도 확장해서 써나가면 된다. 자신이 살아 온 경험, 노하우, 메시지를 잘 버무려서 한 권의 책을 써낼 수 있다는 사실을 기억하자.

평범한 사람이 글을 쓰면 오히려 더 공감한다

보통 사람들은 책을 쓴다고 하면 인생에서 크게 성공했다거나, 아주 특별한 경험이 있어야 한다고 생각한다. 하지만 그렇지 않다. 오히려 성공한 인생, 특별한 경험일 경우에는 평범한 사람과 공감대 형성이 더 어려울 수 있다. 쉽게 말해 공감력이 떨어질 수도 있다는 의미이다. 독자가 쉽게 공감할 수 있는 소소한 일상에서 특별한 뭔가를 끄집어내서 이야기해 줄 수 있는 책들이 요즘은 더 읽히는 책이 된다. 그렇기에 특별한 인생, 색다른 경험을 찾을 필요가 없다. 살아온 시간 속에서 자신만의 경험, 주장, 메시지를 전달할 수 있도록 노력하면 되는 것이다.

소소한 내 경험이
그 누군가에겐 삶의 끈을 잡는 계기가 된다

자신이 살아온 경험들은 가치 있다. 너무나 소소해서 아무런 가치가 없는 것처럼 느껴지지만, 사실은 그 누군가에게는 아주 절실한 위로와 정보가 된다. 이 사실을 받아들이고 믿어라. 사람 대부분이 자기 경험을 특별한 것이 없는 것, 누구나 다 알고 있는 것이라고 과소평가하는 경향이 있다. 이런 생각 때문에 책 쓰기 도전을 못 한다. 자기 경험 하나하나는 단 한 사람에게 가치 있는 그 무엇이 될 수 있다는 자신감으로 책 쓰기에 도전장을 던지길 바란다.

책 쓰기는 직업과 상관없다
쓰고자 결심한 사람이 책을 쓴다

요즘 시대는 누구나 책을 쓴다. 일용직 일꾼들도 쓰고, 장사하는 장사꾼도 쓰며, 간호사도 쓰고, 선생님들도 쓴다. 연령, 직업, 전공, 그 무엇도 책을 쓰는데, 걸림돌이 되지 않는다. 누구나 책을 쓰는 시대임에도 불구하고 쉽게 책 쓰기를 시도하지 못하는 사람이 있다. 살아온 경험의 가치를 인지하고, 경험을 글로 풀어내며, 그 경험과 관련된 메시지를 써 나간다면, 자신도 놀랄 멋진 책을 만들어 낼 수 있을 것이다. 꼭 전문가가 아니어도 된다. 특별한 재능이 있어야 하는 것이 아니라는 사실을 잊지 말자. 누구나 하고자 하는 의지와 결심만 있다면, 이제는 그 어떤 사람도 감동적이고 유익한 책을 써낼 수 있으리라 믿는다. 누구나 책 쓰는 시대, 이제 나도 도전해본다는 생각으로 책 쓰기 시작해보자.

글쓰기를 타고나야지만
책을 쓸 수 있는 것은 아니다

내 인생 첫 책, 《하루 한 권 독서법》을 쓰고 주변으로부터 가장 많이 들었던 말이 있다.

"어머, 글 쓰는 재주를 타고나셨나 봐요?"

하지만 이 말을 들을 때마다 나는 쑥스러웠다. 사실 글 쓰는 재주도, 책 쓰는 재주도 타고난 사람이 아니다. 다만, 책 쓰기에 대한 간절함이 있었을 뿐이다. 그리고 또 한 가지, 책 쓰는 방법을 배우고 익혔기 때문에 책을 출간할 수 있었다.

간절하다면 결국 책을 쓴다

책 쓰기에 관한 책을 찾아서 읽었고, 인터넷 검색도 하면서 어떻게 하면 나도 책 한 권 쓸 수 있을지를 찾고 또 찾으면서 고민했다. 무엇이든지 마음이 중요하다는 것을 책 쓰기를 하면서도 느꼈다. 간절하다면 평생 글과는 담쌓고 살았더라도 결국에는 책을 쓴다.

책 쓰기, 자전거 배우듯이 멘토의 도움을 받아라

책 쓰기는 자전거 배우는 것과 같다. 어릴 때, 자전거 배울 때를 기억해 보자. 누군가가 뒤에서 잡아주면서 배우기 시작한다.

누군가의 도움이 필요했다. 운동신경이 좋아서 스스로 터득하는 것도 불가능한 것은 아니겠지만 보통은 도움을 받는다. 하지만 도움을 받더라도 넘어지는 것은 통과의례이다. 여러 번 넘어지면서 서서히 배운다. 넘어지는 횟수만큼 자전거 타는 기술은 좋아진다.

책 쓰기도 그렇다.

일단, 시작하면 조금씩 배워 나간다

책 쓰는 방법을 아는 것이 책 쓰는 데 있어서 결정적인 역할을 한다. 그 방법을 알면 누구나 쓰는 힘이 생긴다. '책 쓰는 것은 아무나 못 한다, 나는 안 돼, 못 해, 쓰기 어려워.'라고 미리 속단하지 말고 일단 시작부터 해서 조금씩 배워 나가자.

책 한 권 출간의 가치

내 인생 첫 개인 저서 《하루 한 권 독서법》을 쓰고 난 후, 나의 삶이 완전히 바뀌었다.

책 한 권으로 부자가 되었다는 의미는 아니다. 돈으로 환산할 수 없는 가치 있는 것을 얻었다. 책 1권 출간으로 삶을 살아가는 프레임이 바뀌었다. 이 변화된 라이프 스타일은 매일매일 성장하는 사람, 긍정적인 영향을 주는 사람, 성공적인 삶을 사는 사람으로 변화시켜주고 있다.

새벽에 책 쓰면 일어나는 일

새벽에 하는 일은 그 어떤 일이라도 몰입상태를 경험한다. 특히 두뇌를 사용하는 일은 새벽 시간에 해야 할 가장 적합한 일이다. 나는 쓰기 위해서 새벽에 일어난다. 새벽 시간을 활용하면서 책 쓰는 일로 하루를 시작한 나는 더욱 가치 있고 생산적인 하루의 시간을 보낸다. 그러므로 하루들의 집합체인 삶도 그 하루처럼 특별한 성취를 달성하는 멋진 삶이 된다.

책 쓰는 것만큼 매력적인 일이 없다

한 권의 책을 출간하면서 나의 인생 목표를 찾게 되었다. 책을 출간하기 전에는 알지 못했다. 글이라고는 전혀 나와는 상관이 없는 영역이라고 생각했다. 하지만 실제 출간을 해보니, 책 쓰는 것만큼 매력적인 일이 없다. 매력적인 이유는 여러 가지이다. 그중의 하나는 책 쓰기는 삶을 재료로 가치 있는 메시지를 만들어 사람들에게 내 메시지를 전달하는 수단이 된다는 것이다.

책 쓰면, 자신의 꿈과 목표를 찾는다

책 쓰기의 가치는 말로 다 표현할 수 없을 정도로 크다. 그것을 깨우친 사람이라면 그 세계로 빠르게 들어갈 수 있다. 책 쓰기로 인생의 참 의미를 깨닫고, 자신의 꿈과 목표도 찾는다. 무엇보다도 나의 삶이 책이 된다는 사실, 남은 인생 자체도 여러 권의 책으로 전환될 것이다. 그 책은 나 대신 세상을 돌아다니며 사람들에게 내 이야기와 메시지를 들려줄 것이다. 책 한 권을 쓰고 변화될 자신을 상상해보아라. 멋진 모습, 멋진 인생이 바로 당신의 삶이다.

생생하게 매일 상상하면 이루어진다

어떤 생각을 하고 사느냐에 따라 현실은 다르다. 정말 되고 싶은 것이 있다면 그것에 대해 자주 생각하고 실제 되었다고 상상해보길 권한다. 소망한 것이 이루어졌다고 상상하는 것이다. 그 기쁨, 그 감동, 감정적인 흥분과 함께 생생하게 느껴질 것이다. 생생하게 매일 느끼고 상상하는 자체가 원하는 것을 현실로 만드는 가장 확실한 방법이 된다.

책을 쓰고 싶다면, 작가 의식부터 갖추어라

책 쓰기 성공하기 위해서는 작가 의식을 먼저 가지는 것은 중요하다. 왜냐하면 모든 세상의 성과물들은 자신의 소망, 꿈, 사고, 의식, 정신적인 열망들이 먼저 내 안에 생기고 난 후에 뒤따라오기 때문이다. 책 쓰기도 예외가 아니다. "나는 작가이다."라고 스스로 선포해보자. 책 쓰기도 훨씬 수월하게 느껴지고 남 일이 아니라 내 일처럼 느껴질 것이다.

작가 의식이 작가를 만든다

작가 의식이 있으면 책 쓰는 것도 조금은 만만하게 여겨진다. 작가의 하는 일이 글 쓰는 것이다. '나는 작가이기 때문에 글 쓰는 것이 어색하지 않다.'라고 인지한다. 어떤 글을 써도 좋다. 작가가 매일 글을 쓰듯이 나도 매일 어떤 글이라도 상관없이, 일정한 시간, 일정한 장소에서 필사해 보자. 작가처럼 생각하고 작가처럼 행동한다면 작가가 되는 것은 당연하다. 시간만이 필요할 뿐이다.

사람마다 시간의 차이는 있겠지만 작가 의식을 가지면 작가가 되는 것은 자연스러운 과정이다.

합당한 의식이 먼저 있고 결과물이 따라온다

'나는 작가다.'라고 받아들이자. 그렇게 작가라는 생각이 나의 무의식이 된다면 원고를 완성하고 계약하고 한 권의 책을 출간하는 모든 과정이 나에게 당연히 일어날 자연스러운 시간이 된다. 그렇게 실제 작가가 되는 것이다. 세상의 모든 일은 합당한 의식이 먼저 있고 결과물이 따라온다는 진리를 받아들이고 '나는 이미 작가다.'라고 믿어버리자

책 쓰다가 실패해도 괜찮다.
한 만큼 내 인생에 이득이다.

지금 당신의 마음을 지배하는 책 쓰기에 대한 두려움이 당신으로 하여금 책 쓰기 시작을 못 하게 한다. 마음에서 그 두려움을 걷어내자. 책 쓰기 하다가 실패해도 괜찮다. 처음 하는 것이니, 잃을 것이 없다. 자신감을 가지고 그 두려움은 잠시 내려놓고 남의 글 따라 쓰기부터 해보자.

책 쓰기 두려운 첫 번째 이유

책 쓰기 시작을 못 하고 두려운 마음이 생기는 이유는 여러 가지로 생각해볼 수 있다. 우선 말할 수 있는 것은 책 쓰기를 한 번도 해보지 않았기 때문이다. 처음 하는 것은 기대 반, 두려움 반이 있다고 할 수 있다. 책 쓰기도 마찬가지이다. 하지만 두려운 마음보다는 설레고 기대되는 마음에 더 집중해보자. 이왕이면 긍정적인 곳에 나의 마음을 내주는 것이 두려움을 극복하는 방법이 된다.

책 쓰기와 글쓰기는 다르다

책 쓰기 두려운 두 번째 이유는 책 쓰기를 글쓰기라고 생각하기 때문이다.

물론 책은 글을 써야 출간한다. 하지만 글쓰기와 책 쓰기는 다르다.

책 쓰기 자체는 하나의 기술이다. 그 기술을 배우고 익히면 어느 수준으로는 삶에서 활용할 수 있고 즐기면서 책을 쓸 수 있다. 하지만 사람들은 이것을 잘 모른다. 이 사실을 인지하고 몸으로 느낄 기회를 얻기 전에 책 쓰기를 포기한다.

처음부터 잘하는 사람은 없다

처음부터 잘하는 사람은 없다. 시행착오를 거쳐야 한다. 마음은 단번에 이루고 싶겠지만 인생살이가 그렇지 않다. 책 쓰기도 마찬가지이다. 시행착오가 필요하다. 시행착오를 통해서 조금씩 성공의 길로 나아간다. 일시적 실패인 시행착오, 그것을 완전한 실패로만 인식하지 않는다면 실력은 점점 좋아져 책 한 권을 쓸 수 있다.

시작이 없는 성취는 이 세상에 없다

세상의 모든 성취에는 시작이 반드시 있다. 시작이 없는 성취는 이 세상에 없다. 하지만 시작이 어렵다. 시작은 새로운 것을 한다는 의미가 전제되어 있다. 새로운 것, 내 삶에 없었던 일, 그동안 나의 생활에 없었던 그 일이 쉬울 리가 없다. 하지만 가치 있는 그것을 얻기 위해서 과감히 시작해야 한다. 시작해야 그것이 내 생활로 내 삶으로 들어와 나 자신뿐 아니라 소중한 내 삶도 긍정적으로 변화시킨다.

책을 쓰면서 내 삶의 가치를 알게 되었다

책을 쓰면서 내 삶의 가치를 알게 되었다. 책 쓰기는 나의 삶, 나의 경험으로 쓴다. 삶과 경험으로 얻은 나의 메시지를 경험과 함께 잘 버무려 긴 글을 채워간다. 그렇기에 나의 경험, 나의 삶 자체가 아주 소중하게 여겨진다. 이 자체만으로도 소중한 깨달음이다. 나의 하루하루가 소중한 삶이라는 생각의 전환과 함께 나는 하루를 더욱 값지게 살려고 노력하게 되었다. 해보지 않는 일이라도 도전하고, 도전해서 알게 된 새로운 깨달음을 기록으로 남긴다. 그것이 또 다른 책의 씨앗이 된다.

읽고 쓰기, 내 삶을 업그레이드하는 최고의 방법

삶의 수준을 업그레이드하는 최고의 방법은 읽고 쓰는 것이다. 읽으면서 내가 모르는 것들을 알게 되고, 쓰면서 내 걸로 완전히 소화해 그것을 내 삶에 적용한다. 그런 과정을 통해 삶이 긍정적으로 변화한다.

책 한 권 출간이 나를 전문가로 만든다

책 한 권 출간이 어떤 자격증보다도 전문성을 인정받는다. 사실 책 한 권을 쓰기 위해 많은 책을 읽는다. 그렇기에 책을 쓰면서 전문가의 수준으로 알게 되기에 전문성을 인정한다.

그러므로 작가는 쓰는 주제가 하나씩 늘어날 때마다 전문영역이 하나씩 늘어난다고 할 수 있겠다. 책을 쓰면, 어느 곳에 가더라도 '작가님'이란 소리를 듣고 전문가로 인정받을 수 있어 자존감은 절로 올라간다. 또한 작가는 대우받은 만큼 그 기대에 부응하기 위해 더 많이 읽고 배우며 실력을 쌓기 위해 노력한다.

매일 써야 책 쓰기도 쉬워진다

책 쓰기를 쉽게 하기 위해서는 일단, 글을 써야 한다.

글쓰기 시간을 매일 일정하게 가져야 한다. 내가 세부 살이 할 때, 아이들 튜터공부를 통해 1시간 30분씩 매일 영어에 귀를 노출했듯이, 글쓰기도 일정한 시간, 일정한 분량 목표를 세워서 매일 해야 한다. 그래야 그전에는 나에게 없었던 글쓰기, 책 쓰기 능력을 갖출 수 있다.

내 글이든 남의 글이든 매일 쓰라

나는 필사를 했다. 이가 없으면 잇몸으로 음식을 먹는다는 말처럼, 혼자서 글 쓸 자신이 없으니까, 필사를 생각하게 된 것이다. 신기한 노릇이다. 아무도 필사하라고 가르쳐주지 않았다. 그 당시, 내가 필사를 생각한 간절한 이유 하나는 단지 글을 써야 한다는 절실함, 그 한 가지 때문이었다. 내 글이든, 남의 글이든 어쨌든 간에 글쓰기를 해야 나는 책 쓰기도 할 수 있다고 생각했다. 나의 잠재의식이 간절한 나의 목표를 달성하도록 길을 안내한 것이라고 생각한다. 필사를 통해서 나는 많은 것을 배우고 느낄 수 있었다. 그렇게 나는 인생 첫 책을 출간했다.

필사의 효과를 믿어라

책 쓰기를 제대로 배우는 방법은 필사이다. 필사를 통해서 매일 쓰면서 1꼭지 쓰기에 대한 깨달음을 가질 수 있다. 남의 글을 쓴다고 해서 발전이 없는 것이 아니다. 모든 창조물은 모방에서부터 시작한다고 했다. 모방을 통해서 제대로 익히게 되고, 또한 새로운 창작물도 만들 수 있는 것이다. 글쓰기 또한 마찬가지로, 남의 글을 따라서 씀으로 인해 더 잘 배우고, 응용해서 새로운 구조로 나만의 개성 있는 글을 쓸 수 있다.

그래서, 처음에는 다른 생각 말고 필사를 믿고 필사부터 하는 것이 중요하다.

CHAPTER 2

처음부터 자신의 글을
쓰려하지 말라

필사하면, 글쓰기가 쉬워진다

필사도 글을 쓰는 것이다. 내 글이 아닌 남의 글이지만 글을 쓴다.

필사하면, 쉽게 글쓰기를 시작할 수 있고 글쓰기에 익숙해진다. 익숙해진 것에 대해서는 특별하게 생각하지 않는다. 점점 더 만만해진다. 쓰는 것이 만만해지면 더 자주 내 글도 쓴다.

필사를 매일 하면서 쓰는 것이 말하는 것처럼, 특별하지도 않고 자연스러운 일상이 된다.

필사하면 긴 글쓰기에 자신감이 생긴다

쓰는 실력이 좋아졌다고 느끼는 순간 쓰는 것에 자신감이 생긴다. 자신감은 또 다른 행동의 시발점이 된다. 물론 쓰는 자신감이니 쓰고 싶어진다. 이제는 자신의 메시지가 담긴 자신의 글을 쓰고 싶어진다. 책도 쓰자는 열망이 생긴다. 이렇게 필사는 우리에게 인생 최고의 도전, 책 쓰기를 해보자는 마음을 먹게 한다.

필사함으로 인해 글쓰기를 쉽게 시작할 수 있다

남의 글을 베껴 쓴다고 해서 우습게 생각하면 안 된다. 필사의 놀라운 비밀을 알게 된다면 책 쓰기의 소망도 이제 곧 현실이 될 수 있다는 확신을 가질 수 있다. 필사함으로 인해 글쓰기를 쉽게 시작할 수 있다.

짧은 글이 아닌 긴 글에 대한 거부감을 날려버릴 수 있다. 그리고 매일 필사하면서 글 쓰는 것이 익숙해지고, 익숙해진 만큼 실력으로 자리 잡는다. 실력을 감지하는 순간, 그것은 자신감으로 이어지고 그 자신감은 결국 책 쓰기를 시작하게 만든다. 필사가 우리에게 주는 놀라운 힘을 인지해야겠다.

처음부터 자신의 글을 쓰려하지 마라

글쓰기에서 보통 사람들이 가지고 있는 원칙, 생각 또한 바뀌어야 한다. "글은 자고로 자신의 글을 써야 한다."라는 원칙이 알게 모르게 사람들 마음에 자리하고 있다. 글쓰기에 익숙하지 않은 시기에 이런 원칙을 고수한다면 글쓰기, 책 쓰기가 어려워진다. 처음부터 자신의 글을 쓰는 것은 쉽지 않다. 남의 글을 쓰는 연습이 먼저 필요하다. 말은 술술 할 수 있을지 모르지만, 글은 그렇게 잘되지 않는 것이 일반적이다. 그렇기에 처음 책을 쓰는 사람이라면 '글은 직접 자기가 써야 한다.'라는 고정관념은 버리고 책 쓰기 시작해야겠다.

남의 글부터 쓰고 내 글을 써야 한다

처음부터 잘하는 사람은 없다. 남한테 배우면서, 남 하는 것을 보고 따라해 봄으로써 조금씩 좋아지는 것이다. 글쓰기도 그렇게 한다. 처음부터 자신의 메시지를 써 내려가는 사람은 많지 않다. 자신의 글이 아니라 남의 글이라도 조금씩 필사하면서 자신의 글쓰기 실력을 키우는 과정이 필요하다. 이제 생각을 조금은 바꾸자. 글쓰기는 자고로 처음부터 자신의 메시지를 쓰는 것이 아니다.

글쓰기를 스스로 배우고 익히는 방법으로 필사만 한 것이 없다

필사는 기성작가의 글을 따라 쓰면서 그들이 어떤 식으로 1꼭지 글을 완성했는지 배우기 위해서 한다. 필사는 배움의 한 방법이다. 글쓰기를 스스로 배우고 익히는 방법으로 필사만 한 것이 없다. 혼자서 매일 필사를 하는 것은 글쓰기를 제대로 배워가는 과정이다.

글쓰기도 연습이 필요한데, 그 연습 방법이 필사이다

글쓰기는 이론과 실습을 동시에 한다면 효과적이다.

이론을 익히고 직접 써보는 것을 반복하는 것이 가장 좋은 방법이다.

글을 쓰려고 해도 생각 외로 마음대로 되지 않는다. 머리로 배웠으니, 몸도 제대로 통제할 수 있을 것 같은 생각이 있다. 즉, 마음 같아서는 당장 쓸 수 있을 것 같다. 하지만 그것이 잘 안 된다.

연습이 필요하다. 그 연습을 필사로 해야 한다.

글쓰기에서도 필사라는 모방의 과정이 필요하다

베껴 쓰는 활동에 대해 불편한 생각을 가질 필요가 없다. 모든 위대한 창조는 베껴서 하는 것, 즉 모방에서부터라는 것을 인지해야 한다. 대부분 사람은 모방에 대해 다소 부정적인 시각이 있다. 그것은 제대로 모르기 때문에 하는 생각이다. 초창기, 최고의 배움의 방법은 모방이라는 것을 강조한다. 글쓰기에서도 필사라는 모방의 과정을 통해 결국 책 쓰기의 완성 즉, 출간까지 갈 수 있다는 점, 잊지 말아야겠다.

내 글쓰기에 필사를 활용해라

필사를 통해서 내가 글을 쓸 수 있고, 매일 쉽게 쓰면서 글쓰기를 배울 수 있다면 그것으로 족한 것이다. '베껴 쓴다.'라는 그 의미에 불편한 마음이 꽂혀서 배울 기회를 놓치지 말자. 필사를 통해서 글쓰기에 관한 것을 하나라도 느끼고 깨달으면 되는 것이다. 그래서 실력이 좋아지는 것, 그것이 진정한 자존심이다.

시간이 곧 돈이다

시간 관리는 돈 관리 이상으로 중요하다. 보통 사람들은 돈 관리에 신경을 쓴다. 큰 금액은 말할 것도 없고 적은 금액에도 알뜰하게 계산하고 낭비를 줄이기 위해 노력한다. 하지만 시간에 있어서는 그런 개념이 많지 않다. '시간이 곧 돈이다.'라는 관념을 잊어버리곤 한다.

돈은 손으로 만질 수 있고 시간은 만져지지 않기 때문이기도 하다.

눈에 보이지 않으면 마음에서도 멀어지게 되는 것처럼, 시간에서도 그렇다.

어쩌면 진짜 중요한 것은 눈에 보이지 않는 것일 수 있는데, 항상 이점을 주의해야겠다.

처음에는 필사하는 것이
시간이 아깝다고 생각했었다

처음에 나는 필사하는 것이 시간이 아깝다는 생각이 들었다. 하루를 가치 있는 일들로 채우려는 나에게 필사는 시간 낭비 같았다.

베껴 쓰고 여유롭게 앉아 있을 시간이 없었다.

하루빨리 내 글을 써서 글쓰기에 숙달하고 싶다는 생각이 강했다. 하지만 지금 돌이켜 보면 그때의 생각들이 조급한 마음에서 나온 판단 착오였다. 나무를 자르기 위해 연장을 다듬는데 80% 이상의 시간을 투자해야 하듯이 책 쓰기를 하고 싶은 마음이 강할수록 당장 쓰기를 하기보다는 글쓰기를 어느 정도 체화하는 것이 우선이다.

필사는 시간 낭비가 아니다

필사는 책을 쓰는 데 있어 시간 낭비가 아니다. 지금은 확실하게 강조할 수 있다. 나는 필사를 통해서 책 쓰기를 성공했기에 확신을 두고 말할 수 있다. 필사는 오히려 책 쓰기를 하려는 사람이 가장 먼저 해야 할 일이다. 필사하면서 중간중간 이론도 배우며 자기의 글쓰기도 한 번씩 도전해야 한다.

필사를 삶의 일부처럼 실천해라

처음 책을 쓰는 사람은 필사를 생활의 일부처럼 해야 한다. 그것이 책 쓰는 시간을 버는 방법이다. 다른 기성작가에게 책 쓰기를 배우더라도 필사해야 한다. 필사를 하라는 말이 없다고 해서 안 해도 된다고 생각해서는 안 된다. 책 한 권 쓰기 목표가 있다면, 꾸준히 필사를 해 나가길 바란다.

필사책은 작가의 첫 책으로 선택해라

책 한 권만을 쓴 사람의 책은 이제 막 책 쓰기를 하려는 사람에게 좋은 모델이 된다. 첫 작품이기에 첫 책을 쓰는 사람에게 공감력있는 노하우를 보여준다. 그렇기에 처음 책 쓰는 사람에게는 기성작가의 책보다는 이제 걸음마를 시작한 작가의 책을 필사하면서 묵묵히 따라서 하는 것이 그 작가처럼 책을 출간할 수 있는 가장 빠른 책 쓰기 비결이 된다.

필사하면 '나도 쓸 수 있겠다.'라는 자신감이 생긴다

우선 필사를 하면 '나도 할 수 있겠다.'라는 자신감이 생긴다. 필사는 손으로 쓰지 않는 필사를 권한다. 손으로 쓰는 것은 너무 힘이 든다. 손도 아프고, 어깨도 아프다. 더군다나 A4 2장을 쓰라고 하면 다들 도망가고 싶은 마음이 생길지 모르겠다.

매일 한 챕터, A4 2장을 쓰기는 쉽지 않다. 하지만 자판을 두드릴 때 쉬워지고 매일 쓸 수 있다. 매일 필사하면서 글쓰기에 조금씩 익숙해지면서 '나도 쓸 수 있겠다.'라는 마음도 자연스럽게 생긴다.

네 글이 내 글 같고, 내 글이 내 글 같다

"우리가 글이란 것을 언제 길게 써봤겠는가?"

필사하면서 뿌듯하기도 하다. 비록 남의 글을 베껴 쓰는 것이지만 매일 쓰다 보면 네 글이 내 글 같고, 내 글이 내 글 같은 느낌이 든다. 그러면서 진짜 내 글도 쓰게 된다.

알게 되면 더 자주하게 되고, 자주하면 결국 잘하게 된다

부자가 될 수밖에 없는 비법을 그들은 알고 있었기에 부자가 되었다고 볼 수 있다. 그런 것처럼 인생 첫 책 쓰기를 성공하고 싶은 사람은 책 쓰기 성공의 비법이라고 할 수 있는 필사를 알아야 한다. 그리고 그것을 생활에 끌어들여 실천하는 것이 중요하다고 할 수 있다. 한 챕터라도, 한 문단이라도 매일 베껴 쓰기를 함으로써 조금씩 알게 되고, 알게 되면 더 자주 하게 되고, 자주 하는 것은 결국 잘하게 되어 큰 산처럼 보였던 인생 첫 책 쓰기는 무난히 넘을 수 있을 것이다.

먼저, 그 길을 갔던 사람을 따라서 행동해라

새로운 환경이 주어졌을 때 잘 적응하는 방법의 하나는 먼저 그 길을 간 사람을 따라서 행동하는 것이다. 그 사람은 그 환경을 이미 접한 사람으로서 나름의 정보와 노하우를 가지고 있다. 최소한 나보다 더 많이 알고 제대로 알고 있다.

그러니 배운다는 마음으로 그 사람을 관찰하고 그 사람의 행동을 그대로 따라서 하면 그 사람처럼 살 수 있으니 매우 유익한 적응법이다. 책 쓰기에서도 이런 마음으로 책 쓰기 도전하자.

베껴 쓰면, 자신도 모르게 쓰기의 감을 잡는다

필사를 통해서 글을 반복해서 쓰다 보면 자신도 모르게 글의 형식들이 몸에 익는다. 외국에서 사는 사람들이 문법을 모르고도 영어를 자연스럽게 잘하는 것은 그것이 몸에 익었기 때문이다. 어색한 느낌이 드는 말은 문법적으로 이상한 것이다. 비록 문법을 잘 몰라도 직감적으로 틀린 말은 가려낸다. 그것과 같이 필사를 오랫동안 한 사람은 보통 써야 할 글의 형식적인 부분이 잘못되었을 때 직감적으로 알게 된다. 필사하면 긴 글쓰기에 자동으로 감을 잡는다.

베껴 쓰는 것이 최고로 잘 배우는 지름길이다

글쓰기의 형식적인 것을 이론으로만 배운다면 어렵게 느껴질 것이다. 달달 외우더라도 금방 잊어버린다. 특히 나이 들면 외우는 것이 너무 어렵다. 그렇기에 방법은 한 가지, 반복이다. 반복적으로 배워야 할 그것에 자신을 노출하는 것이다. 글을 잘 쓰려면 글쓰기에 자신의 시간을 할애해야 한다. 매일 쓰면서 글의 자연적인 논리적인 흐름은 물론이고 글의 형식적인 부분까지도 흡수할 수 있다. 그래서 베껴 쓰는 것이 최고로 잘 배우는 지름길이다.

CHAPTER 3

남의 글부터 써야
성장하고 힐링한다

그동안 가장 자신 없었던 일이 글쓰기이고 책 쓰기였다

이때까지 살면서 내가 가장 자신 없었던 일 중의 하나가 책 쓰기였다. 왜냐하면, 그동안 글이란 것을 제대로 배워보지도 못했고 써보지도 못했기 때문이다.

그래서 나는 국문학과 출신의 사람들을 너무나 부러워했다.

내 인생 첫 책인 《하루 한 권 독서법》을 쓸 때도, 그랬다. 함께 책 쓰는 사람 중에도 국문학과 출신이 있었다. 그분은 대학 때, 글이란 것에 대해 배웠을 것이고 과제를 해도 국문학과이기에 글쓰기를 자주 했을 것이다. 그래서 국문학과를 나온 그 사람에 대해 서 별 무리없이 책 쓰기를 무난히 잘 완성할 것이라고 생각했다. 하지만 아니었다.

글쓰기와 책 쓰기는 좀 달랐다.

글쓰기와 책 쓰기가 같아 보이지만 같지 않다

국문학과 출신이라고 책 쓰기를 더 잘하는 것이 아니다.

왜냐하면 책 쓰기는 글쓰기와 다르기 때문이다. 글을 아무리 잘 써도 책 출간까지 가고 안 가고는 글 잘 쓰는 것과는 절대적인 상관관계가 있는 것은 아니다.

글쓰기와 책 쓰기가 같아 보이지만 같지 않다. 오히려 글을 잘 쓰는 사람이 출간까지 가지 못한 경우가 많다.

글쓰기 자체가 서툴고 뒤지더라도 책 쓰기는 가능하다

글쓰기 자체가 서툴고 뒤지더라도 책 쓰기는 가능하다.

글쓰기가 글 자체에 비중을 많이 두는 것이라고 한다면, 책 쓰기는 "중간 수준의 글쓰기 실력 + 인생 경험과 메시지"라고 말할 수 있다. 글을 아주 잘 쓰지 못하더라도, 쓰고 있는 그 주제에 대한 자신의 메시지와 노하우를 생생한 글로 녹여서 쓰면 된다. 조금 투박해도 괜찮다.

서툰 메시지더라도 살면서 깨닫게 된 진솔하고 진정성 있는 이야기들은 최고의 가치가 있다.

매일 필사를 하면 매일 글을 쓰는 것이다

매일 자신의 글을 쓰기가 쉽지 않기 때문에 필사를 하는 것이다. 필사를 하면 매일 쓸 수 있다. 필사하는 가장 큰 장점이 바로 이것, 부담 없이 매일 글을 쓸 수 있다는 점이다. 이것은 우리에게 글쓰기에 대한 자신감을 심어준다. 남의 글이라도 상관없다. 솔직히 글에 대한 자신감이 없는 이유를 따져봤을 때, 그것은 글을 자주 쓰지 않았기 때문이다.

책 쓰기가 자신 없다면, 그것은 당연하다

책 쓰기가 자신 없다고 말하는 사람이 많다. 그것은 당연한 것이다. 해보지 않은 것을 "나는 잘 할 수 있다."라고 호언장담하는 것이 더 이상한 것이다. 비록 지금은 자신감이 없지만, 필사를 통해서 자신감을 챙길 수 있다.

인생 첫 책 쓰기일 경우에는 더욱 망설이게 되는데, 그 망설임도 필사하면 좋아진다. 나 또한 인생 첫 책을 쓰기 전 자신이 없었다. 책 쓰기 자신 없는 것은 누구나 겪는 책 쓰기 전에 경험하는 마음의 감기와 같은 것이다. 감기는 비타민을 챙겨 먹고, 물 많이 마시며, 운동하면서 서서히 이겨낼 수 있다. 그것처럼 책 쓰기에 대한 자신감 결여도 필사로 서서히 해결된다.

남의 글 따라 쓰기,
쉽기 때문에 부담 없이 시작할 수 있다

필사하면, 어렵게만 생각했던 글쓰기를 조금은 쉽게 익힐 수 있다. 시작해야 한다. 필사의 가장 큰 매력은 글이란 것을 쉽게 쓸 수 있다는 것이다. 남의 글 따라 쓰기, 쉽기에 부담 없이 시작할 수 있다.

부담 없이 시작한 글쓰기로 인해 책 쓰기도 시작할 수 있다.

베껴 쓰는 것이기에 자투리 시간에 할 수 있다

필사의 시간은 특별히 긴 시간을 요구하지 않는다. 짧은 시간도 가능하다.

왜냐하면 특별히 고심해서 직접 쓰는 글이 아니기 때문이다. 그냥 베껴 쓰는 것이기에 남는 시간에, 자투리 시간에 할 수 있다. 무엇인가를 자투리 시간에도 할 수 있다는 것은 많은 메리트가 있다. 생활에서 자투리 시간은 얼마든지 찾을 수 있기 때문이다.

우린 불리는 대로 살아간다

내 인생 첫 책 쓰기를 할 때, 나는 작가라는 호칭으로 불렸다.

"나 작가님."

처음에 이 호칭이 어색했다.

'아니, 내가 작가라고?'

'아직 나는 책도 출간하지 않았는데……. 작가는 아니지!'

마음에서부터 약간의 거부감이 일어났다. 이런 거부감과 함께 어색한 기분이 들었다. 하지만 시간이 지날수록 어색함은 사라졌다.

누군가 "나 작가님."이라고 부르면, 당당하게 "예?"라고 대답했다. 나의 뇌에서 는 벌써, 나를 작가로 받아들인 것이다.

의식이 먼저다

의식이 먼저다. 책을 쓰고 싶은 마음은 있지만, 아직 나의 머리로는 출간이 불가능하다고 생각한다면 출간이란 현실은 나타나지 않는다. 나의 의식으로 "이미 나는 출간했다."라고 상상할 때 현실로 드러나기 때문이다.

이 진리에서 벗어나는 세상의 결과물은 하나도 없다.

꿈을 이루려면, 바라지만 말고 이루어졌다 믿으라

꿈을 이루려면, 그것을 바라지만 말고, 그것이 이루어졌다 믿으라고 했다. 바라는 것과 이루어졌다 믿는 것은 하늘과 땅의 차이이다. 이 차이점을 잘 모르기 때문에 사람들은 소중한 자신의 꿈, 현실로 만들고 싶은 자신의 간절한 목표를 이루지 못한다.

이제, 바라기만 하는 실수를 하지 말고, "꿈 달성 완료"에 대한 믿음을 단단히 해보자.

작가의 마음으로 작가처럼 매일 쓰다 보면, 진짜 작가가 된다

작가 의식을 마음에 각인하기 위해 작가의 마음으로 글을 쓰는 것이다. 내가 직접 작가라고 생각하면서 필사를 하는 것이다. 비록 출간하기 전이라도 상관없다. 작가의 마음으로 작가처럼 매일 글을 쓰다 보면 진짜 작가가 된다.

사실, 확신 가운데 하는 일들은 현실이 되기가 쉽다.

마음과 의식으로 먼저 이루었다고 상상해라

책 쓰는 사람이 책 쓰기가 어색해서는 어떻게 책을 쓸 수 있겠는가?

어떻게 작가가 될 수 있겠는가?

한 권의 책도, 작가라는 신분도 다 자신의 마음속으로부터 나오는 것이다. 마음과 의식이 먼저 그것을 이루었다고 상상한다면 어색함을 날려버릴 뿐 아니라 평생 소망인 한 권의 책도 실제로 손에 잡을 수 있다. 어색함이 수시로 다가온다면 당신의 의식과 마음을 먼저 챙겨야 한다는 신호라고 생각하자.

하루에 딱 한 번 있는 새벽, 창조의 시간이다

사람들이 새벽을 잘 모르기 때문에 쉽게 흘려보낸다.

하루에 딱 한 번 있는 그 시간을 자신의 인생에 활용한다면 탁월하고 특별한 인생을 살 수 있다.

내가 새벽의 창조적인 에너지와 집중력을 활용해서 이 시간에 꼭 하는 것이 있다. 그것은 바로 글쓰기다. 새벽 시간이 특별한 만큼 소중하고, 아깝다. 그래서 나의 하루 중 가장 중요한 일이라고 규정했던 쓰는 일을 새벽 시간에 한다.

내 생각을 바꾸면 다른 세계를 접하게 된다

《하루 한 권 독서법》을 출간하기 전에는 이 세계를 잘 몰랐다. 단지,“ 나와 글은 맞지 않아”, 더 정확한 표현으로 하자면, “글쓰기는 자신 없어”, “내 인생에 글이란 없어”였다. 하지만 결심과 함께 책 쓰기를 시작하게 되었고, 그것이 결국 한 권의 책이란 결과물을 얻게 되었다. 그렇게 내 생각을 바꾸니, 다른 세계를 살게 되고 다른 삶을 살게 된 것이다. 이제 출간 이후 나는 글을 쓰는 삶을 살고 있다.

책 쓰기에 2가지 관문이 있다

책 쓰기에서 2가지 관문이 있다. 이 2관문을 자연스럽게 극복하는 날이 평생 책 쓰기를 할 수 있는 날의 시작이 될 것이다.

그 관문의 하나는 목차 만들기이고 또 하나는 1꼭지 쓰기이다.

책 쓰기, 주제-제목-목차 기획 순으로 정한다

책 쓰기를 할 때 가장 처음 하는 것이 자신이 쓰고 싶은 주제를 정하는 것이다. 주제를 정하고 난 뒤, 그다음으로 제목을 짓는다. 제목을 나중에 짓는 사람도 있지만, 그래도 제목을 먼저 짓는 것이 맞다.

왜냐하면 제목은 내가 쓰고자 하는 가장 핵심에 해당하기 때문에 핵심을 분명히 하는 것이 글쓰기에도 수월하기 때문이다. 제목은 곧 콘셉트가 되기도 한다. 제목하나에 많은 것들이 포함되기에 책 쓰기 전에 제목으로 자신의 나아갈 글의 방향을 명확히 한다. 그 다음 과정은 목차 기획이다.

책 쓰기 초보자라면, 목차 기획으로 시간 소비하지 마라

목차 만들기는 어렵다면 어렵고 쉽다면 쉬울 수 있다. 하지만 보통은 잘 모른다. 누군가의 도움을 받을 수 있다면 받는 것을 나는 권한다. 왜냐하면 혼자서 머리 싸매고 고민하면서 시간을 소비하는 것보다 처음 책 쓰는 것이니 도움을 받아 시간을 벌고 벌은 그 시간에 목차하나를 더 만드는 것이 좋기 때문이다. 그렇게 시간을 벌어 2번째 원고를 쓰기 시작하는 것이 훨씬 낫다고 할 수 있다. 책 한 권만 써도 가문의 영광이라고 처음에는 생각하지만 한 권을 쓰면 그다음 책을 또 쓰고 싶은 마음이 생길 것이다. 어찌하였든 처음에는 먼저 작가가 된 분의 조언을 받아 목차를 만들어보도록 하자.

1꼭지 글쓰기는 오로지 홀로 넘어야 할 산이다

책 쓰기 2번째 관문인 1꼭지 쓰기는 직접 혼자서 해내야 하는 부분이다. 목차 만들기는 작가들이 도와줄 수도 있는 부분이지만 1꼭지 쓰기는 온전히 혼자 해내야 한다. 그렇기에 스스로 배우고 깨닫고 하는 것이 많을수록 1꼭지 쓰기 정복을 빠르게 달성한다.

1꼭지 쓰는 법은 지금 나에게도 계속 공부하고 연구할 대상이다. 나만의 1꼭지 쓰는 방법을 계발하기 위해서라도 공부는 계속되어야 한다.

포기만 하지 않는다면 하루, 이틀 지나면서 점점 쉬워진다

처음 책을 쓰는 사람은 다른 사람이 쓴 책을 그대로 필사하면서 이런 것들을 배울 수 있다. 처음에는 그대로 따라 쓰는 것도 쉽지 않을 것이다. 하지만 시간이 해결해 준다. 처음의 어려움이 끝까지 가는 것이 아니다. 지금 당장 어렵다고 포기하면 안 된다. 포기만 하지 않는다면 하루, 이틀 지나면서 점점 쉬워진다. 지금 어렵다고 내일도 오늘처럼 어렵다고 생각하지 마라

필사하다 보면 1꼭지 쓰는 감을 잡을 수 있다

글에는 사례가 반드시 들어간다.

1꼭지 글에서는 내가 어떤 주장을 하게 되는데, 그 주장을

뒷받침하는 사례나 근거, 이유를 반드시 쓰게 되어 있다. 그래야 독

자

는 그 글에 공감하고 이해하기 때문이다. 이런 것들을 보면서 필

사를 하다 보면 1꼭지 쓰는 감을 잡을 수 있다

1꼭지 쓸 수 있으면 1권도 쓸 수 있다

책 쓰기에 간절한 소망을 가진 사람이라면 필사를 해야 한다. 1꼭지 쓸 수 있으면 1권도 쓸 수 있다는 점, 마음에 새기고 필사로 1꼭지 감 제대로 잡으시길 바란다.

부정적인 마음에는
부정적인 결과만이 따라온다

내가 책 쓰기를 포기한 것은 당연한 결과이다. 왜냐하면 처음부터 끝까지 부정적인 마음밖에 없었기 때문이다. 이래서 안 되고, 저래서 못하고, 여러 종류의 이유, 무엇을 할 때마다 꼭 등장하는 자기 합리화의 생각들로 인해 책 쓰기 또한 문턱에도 걸치지 못하고 스스로 자폭하고 말았다. 이렇게 해 놓고 한 1년 뒤, 어쩌면 10년 뒤 나는 후회하게 될지 모른다. 그때 한 번 더 도전해볼 것을, 시도조차 하지 않은 자신을 원망할 수도 있다. 그렇게 나를 원망하기는 싫었다. 그래서 나는 다시 방법을 찾기로 했다.

나는 지푸라기라도 잡는 심정으로 필사하기 시작했다

책 쓰기를 하기로 굳게 마음먹고 가장 먼저 한 행동은 필사였다. 필사하기, 남의 글을 베껴 쓰는 것이다. 왠지 남의 글이라 마음이 썩 내키지 않았다. 내 것이 아니고 남의 글이라서 처음에는 망설였다.

하지만 지푸라기라도 잡는 심정으로 필사하기 시작했다. 필사라도 하게 되면 남의 글이지만 그래도 글을 쓰는 것이 되기 때문이다. 글쓰기도 운동하는 것과 같다. 운동을 머리로 할 수 없듯이, 글쓰기도 머리로만 하면 안 된다고 생각했다.

필사를 하기 전에는 책을 쓰지 못할 이유만 떠올랐다

필사하면서 서서히 책 쓰기에 대한 부정적인 마음이 사라졌다. 사람의 마음이 간사하다. 필사를 하기 전에는 책을 쓰지 못할 이유만 떠올랐었는데, 필사하면서 그 마음들이 차츰 수그러졌다.

내 글이든 남의 글이든 가리지 말고 쓰라

무슨 글이든지 쓰는 것이 중요하다.

내 머리에서 나오는 글을 쓰기에는 자신이 없었고 남의 글이라도 써야겠다는 마음을 가졌다. 찬밥, 더운밥 따질 수 있는 상황이 아니었다. 책 쓰기가 간절했기 때문에 글쓰기도 간절한 시기였다. 내 글이든 남의 글이든 그것은 중요하지 않다고 생각했다. 매일 써야지, 쓰는 것을 배우게 된다는 그 생각 하나 만으로 필사해야겠다고 결심했다.

쓰는 방법을 알면 쓰기에 자신감이 생긴다

필사 시작 8주 후에 1꼭지 구조가 더 명확하게 보이기 시작했다. 아주 놀라운 변화이다. 그러면서 서론, 본론, 결론, 각 꼭지마다 어떻게 썼는지, 또 유심히 생각하면서 필사한다. 시간이 지나면서 쓰는 방법에 대해 나름 아이디어가 생긴다. 그러니, 자신감도 생긴다. 가장 큰 수확이라면 자신감 플러스 책 쓰기에 대한 부정적인 생각들이 사라졌다는 것이다.

책 쓰기에서 가장 큰 걸림돌은 부정적인 생각이다

책 쓰기에서 가장 걸림돌은 자신의 부정적인 생각이다. "책을 쓰는 사람은 뭔가 다른 부분이 있을 거야", "나는 그런 재주를 타고 나지 않았는데, 쓸 수 있겠어?", " 내가 이때까지 글이라는 것을 써보지 않았기에 책 쓰기는 나에게 불가능해." 이런 생각들로 자신의 머리를 가득 채운다. 천하에 도움이 되지 않는 생각들이다.

꿈과 목표가 있다면 일단 시작해라

"무엇인가 움직이기 전까지는 아무 일도 일어나지 않는다."

아인슈타인이 한 명언이다. 우리는 생각이 너무나 많다. 무엇인가를 하기 전에 많은 생각들로 인해 시작을 잘 못한다. 꿈과 목표가 있다면 복잡한 생각 접고 일단, 시작해야 한다. 매일 꿈과 목표를 달성하게 하는 그 행동을 하지 않는다면 그 꿈과 목표는 언제 달성되겠는가? 아무리 멋진 꿈, 원대한 목표라고 하더라도 시작하지 않는다면전혀 의미가 없어진다.

인생 첫 꼭지 글쓰기 고비를 넘겨라

인생 첫 책, 첫 꼭지 쓸 때가 나는 생각난다. 첫 꼭지를 써야지, 책 쓰기가 본격적으로 시작된다. 나에게 첫 꼭지 글쓰기는 정말 어렵게 느껴졌다. 이 고비를 잘 넘겨야 한다. 책 쓰기를 하는 모든 사람은 이 고비를 넘기지 않으면 안 된다. 처음에 쓰는 첫 꼭지를 실패함으로 인해 책 쓰기가 영원히 물 건너갈 수도 있다. 한번 쓰기에 좌절감을 느끼면 두 번 다시 하고 싶지 않은 일이 되어 다음에는 책 쓰기 도전 자체를 안 하게 될지 모른다.

남의 글을 먼저 써야 내 글도 쓸 수 있다

보통, 처음부터 자기 생각을 글로 쓰기를 어려워한다.

사실 그렇다. 쉽지 않다. 말로 하라면 할 수 있는 내용도 글로 쓰라고 하면 자신이 없어진다. 그만큼 자기 의사를 글로 표현하는 것이 익숙하지 않기 때문이다. 누구나 마찬가지이다. 국문학과 나온 사람들도 글로 쓰기 위해서 많이 고심한다. 글이 전공인 사람도 고민한다. 글로 표현하는 자체가 우리에게 쉽지 않다는 것이 자연스러운 것임을 우선 인정하자. 그리고 바로 나의 글을 쓰기보다는 남의 글을 먼저 쓰면서 글쓰기에 익숙해지도록 하자.

이 '책 쓰기' 시작하기에 좋다는 팁을 활용하자.

필사한다면, 내 글쓰기도 쉬워지고 책 한 권도 써낼 수 있다

필사한다면, 내 글쓰기도 쉬워지고 책 한 권도 써낼 수 있다. 모든 일에는 시작이 있다. 시작하지 않고 어떤 성취를 이루어 낼 수는 없다. 시작이 어려운 일일수록 뒤로 미루게 되는데, 책 쓰기도 이에 해당이 된다. 책을 쓰기 위해 글이란 것을 써야 하고, 그 글쓰기를 생활에서 쉽게 하는 것이 아니기 때문에 책 쓰기가 쉽지 않은 것이다.

짧게 쓰는 글은 요즘 시대에 흔히 한다. 하지만 좀 더 긴 글, 좀 더 체계적인 글, 남에게 읽히기 위한 글은 여전히 어렵게 생각된다.

그리고 그런 글을 쓸 기회가 많지 않기 때문에 연습과 노력을 해야 한다.

우선 시작부터 해야 하는데, 그 시작을 위해 필사가 필요함을 인지하길 바란다.

CHAPTER 4

쓰기는 타고난 본능이었다.
쓴 만큼 변한다.

새벽 시간의 특별함

새벽에는 신기하고 행복한 경험을 할 수 있다.

새벽 시간에는 어떤 일을 해도 몰입상태와 집중력을 발휘한다.

이 시간대만이 느낄 수 있는 아주 특별함이다. 특별함의 영향으로 나는 책을 쓰는 작가가 되었다.

새벽에는 내 인생을 바꿀 기발한 아이디어를 얻는다

새벽 시간에는 낮에 생각하지 못했던 기발한 아이디어들을 자주 떠올린다.

새벽의 가장 특별한 점이라면 바로 이 부분이라고 말할 수 있다. 전날 고민했던 문제를 새벽 시간에 깨어 다시 생각한다면 불현듯 해답의 실마리를 얻을 수 있다. 또한 나의 인생과 관련된 많은 아이디어를 얻게 된다. 내가 어떻게 살아야 할 것인지, 내가 가장 하고 싶은 일이 무엇인지, 그것을 어떻게 실현할 것인지? 다양한 생각들을 하고 결단을 내린다. 낮에는 생각지도 않았던 질문과 답들을 얻는 시간이 된다.

새벽에 필사하면 글에 완전히 몰입한다

새벽에 필사하면 글에 완전히 몰입할 수 있다. 내가 쓰는 것처럼 착각이 일어난다. 그 글들이 내 마음속 깊은 곳까지 치고 들어온다. 그럼으로써 남의 글이란 생각을 잊어버린다. 필사하면서 내가 내 글을 쓰는 것처럼 글에 깊이 빠져든다.

역시, 필사도 새벽 필사가 최고다

역시, 필사도 새벽 필사가 최고였다. 하지만 필사를 위해서 억지로 새벽에 일어나야 한다고 생각하지는 말자. 필사는 시간이 있을 때마다 아무 때나 할 수 있다. 여유가 허락된다면 새벽 필사를 하라는 의미이다. 새벽 필사를 한다면 새벽 시간의 특별함이 그대로 적용이 되어 집중과 몰입상태에서 필사를 할 수 있다. 고요한 시간, 다른 사람이 쓴 글을 베껴 쓰면서 그 작가의 글을 가슴 깊이 느끼고 동기부여 받을 수 있다.

시간이 필사 행동의 스위치가 되게 하라

필사할 때도 시간을 정하면 매일 할 수 있다. 필사하는 시간을 일정하게 정해보자. 그렇게 한다면 잊어버리지 않고 잘 실천하게 된다. 시간이 정하면 그 시간이 되면 자동으로 필사를 생각한다.

'아, 그래 필사해야지.' 하며 몸이 먼저 움직인다. 시간이 하나의행동 스위치가 된다.

필사 실천력을 높이는 법

필사하는 일을 어떤 특별한 일상사와 연결하면 잊어버리지 않는다. 어떤 일을 할 때 잘 실천하기 위해 이 방법을 사용하면 좋다. 나는 영양제와 비타민 섭취를 위해 시간을 정했고, 그 시간은 아이들이 아침 학교 간 직후로 정했다. 아이가 학교 가는 것은 특별한 이유가 있지 않은 한, 매일 하는 일상이다. '아이를 학교에 보내고 나서 바로 영양제와 비타민을 먹는다.'라는 사실이 뇌에 각인 되면, 아이가 학교에 가는 그 사실 자체가 영양제와 비타민을 섭취하는 스위치가 된다.

잘하고 싶으면 하루라도 건너뛰지 마라

필사는 책 쓰기를 위해서 아는 사람은 다 아는 가장 효율적인 방법이다.

그래서 될 수 있으면, 하루라도 건너뛰어서는 안 된다. 그렇기에 필사도 마찬가지로 시간을 정해서 하기를 권한다. 특히 매일 하는 일상사와 연결하면 세트처럼 필사도 거르지 않게 될 것이다. 물론 시행착오는 있다. 하지만 필사 시간을 정하지 않고 시행착오를 하는 것과 필사 시간을 정해놓고 시행착오를 하는 것은 다르다. 시간을 정한 시행착오는 일시적이다.

그것은 곧 습관으로 자리 잡게 될 것이다. 필사하는 습관이 글 쓰고 책 쓰기의 탄탄한 실력을 쌓는 데 밑거름이 될 것이다.

쓰는 것을 잘하고 싶다면 매일 쓰라

쓰는 것을 잘하기 위해서 할 수 있는 방법은 쓰는 것밖에 없다. 그것을 직감적으로 알았기에 나는 매일 1꼭지 쓰는 원칙을 세우고 썼다. 그 결과 이제, 1꼭지 어떻게 써야 할지 어느 정도 감을 잡았고, 때론 개요 없이도 쓸 수 있겠다고 생각하게 되었다. 1꼭지 쓰기 전 개요 쓰기를 하면, 글쓰기 할 때 옆길로 빠지지 않고 내가 하고 싶은 내용을 일관되게 쓸 수 있기에 나는 꼭 개요 쓰기를 먼저 했다.

매일 쓰다 보니, 급할 때는 개요 없이 쓰더라도 내용이 크게 벗어나지 않고 쓸 정도가 되었다. 1꼭지 쓰기를 이 정도 수준으로 쓸 수 있는 이유는 매일 썼기 때문이다.

작가의 첫 책으로 필사해라

필사하면서도 너무 어렵게 느껴지는 글이 있다. 그런 책은 책 쓰기를 목적으로 한 필사의 책으로 선택하면 안 된다. 필사하면서도 쉽게 접근할 수 있는

책을 선택하는 것이 중요하다. 베스트 셀러나 유명한 책들이 내가 책 쓰는데 더 많은 도움이 될 것 같지만, 사실은 아니다. 오히려 그런 책은 나의 기를 죽이는 책이 된다. 글 쓸 용기를 뺏길 수 있다. 그러니 작가의 첫 책으로 선택해서 필사하기를 권한다.

출간한 책에 주눅 들지 마라.
퇴고를 최소 5번 이상 한 글이다

책으로 나와 있는 글은 퇴고를 몇 번씩 한 글이다. 퇴고하면 최소 3번 이상은 하게 된다. 원석에서 보석으로 탈바꿈한 글들이 책 속의 글이다. 처음에 쓴 글과 퇴고 후의 글은 아주 다르다. 특히, 인생 첫 책을 쓰는 사람의 글은 투박하고 서툴 수밖에 없는데, 자신의 글과 퇴고 5회 이상한 글을 비교하면서 좌절감을 느낀다. 일단은 책의 글은 여러 번 퇴고한 글이란 것을 잊지 말자.

또 하나의 필사하기 좋은 책은 내가 공감할 수 있는 책이다

또 하나의 좋은 필사책은 쉽게 공감할 수 있는 책이다. 물론 가장 기본적인 필사책 선택 조건은 작가의 첫 책이어야 한다는 점이다. 거기에다, 작가의 전공, 책의 주제, 기타, 다른 부분에 있어서 자신의 상황과 비슷한 책을 고르면 필사할 때 쉽게 공감대를 형성하고 몰입해서 필사하게 된다. 몰입한 만큼 느끼고 배우는 점도 많아진다. 그래서 꼭 필사책의 선택 조건을 메모해놓고 체크하면서 꼼꼼히 책을 선택하는 것이 잘 배우는 방법임을 기억하자.

나에게 가장 적합한 필사책

보통 사람들은 필사할 책으로 유명한 책을 생각한다. 하지만 그렇지 않다. 사람마다 적합한 필사책이 따로 있다. 더군다나 첫 책을 쓰기 위한 사람한테 가장 좋은 필사책은 명서가 아니라 다른 작가의 인생 첫 책이다. 첫 책을 필사하면서 그대로 따라 하고 느낀 것을 내 글에 적용할 수 있다. 필사의 목적이 글쓰기이기에나보다는 조금 더 글을 잘 쓰는 사람의 책이 나에게 가장 적합한 필사책이라고 할 수 있다.

'책 쓰기' 관련 책도 필사해라

필사의 최종목적이 책을 쓰는 것이기에 책 쓰기에 가장 도움이 되는 필사 방법들을 찾았다. 그래서 발견한 나만의 비법 이라고 할까? 아주 간단한 방법이지만, 생각을 쉽게 할 수도 있고 못할 수도 있는 나만의 노하우이다. 그것은 바로 필사책 선택할 때 주제가 '책 쓰기'인 책을 고르라는 것이다.

내가 닮고 싶은 작가의 책으로 필사해라

내가 책 쓰기를 할 수 있도록 동기 부여한 작가가 있었다.

인생 첫 책을 쓰기 직전에 책을 통해서 그 작가를 알게 되었다. 전공도 같고, 더군다나 내가 쓰고 싶은 책의 주제와도 같은 책을 이미 출간을 한 작가이다. 나이는 나보다 한참이 어리지만 그런 것은 중요하지 않았다. 먼저 책을 쓴 사람이었기에 나는 그녀에게 배우고 싶었다. 그래서 그녀의 첫 책부터 필사를 시작했다. 나도 첫 책을 쓰고 싶다는 열망으로 그녀의 책을 매일 필사했다. 새벽에도 하고 새벽에 못 일어난 날은 퇴근 후 세상에서 제일 무거운 눈꺼풀과 씨름하면서 그녀의 책을 필사했다.

'책 쓰기' 주제의 책 필사는 이론과 실습을 동시에 연습하는 것이다

'책 쓰기' 주제의 책을 필사하면서 막연하게 알고 있던 책 쓰기 이론에 대해 많이 배울 수 있다. 이론 부분은 한 번 듣는다고 다 알 수 있는 것이 아니다. '책 쓰기' 책으로 필사하면서 반복 학습이 되어야 한다. 또한 그 방법이 쓰면서 하는 것이기에 눈으로 읽고 손으로 쓰고 여러 번 하게 되어 책 쓰기 이론을 제대로 알게 된다. 이렇게 책 쓰기 이론을 머리에 각인시키고 필사로 직접 씀으로써 이론과 실습이 동시에 이루어져 책 쓰기의 현실은 빠르게 내 삶으로 다가온다.

'책 쓰기' 책의 필사만 고집하지 말자

필사할 때 '책 쓰기' 책을 같이 필사하길 권한다. '책 쓰기' 책은 바로 책 쓰기를 주제로 쓰인 책을 말한다. 책을 쓰기 위한 목적을 두고 필사하는 사람이라면 책 쓰기 이론이 나오는 책을 한번쯤 필사하면 이론도 배우고 실질적인 글쓰기 연습도 하게 된다. 이론과 실습을 동시에 하는 셈이다. 이것처럼 가성비 있는 일도 없다. 하지만 '책 쓰기' 책만은 고집하지 말자. 이론을 위주로 필사하면, 내 글을 쓸 때 다소 딱딱한 글이 될 수 있다. 그렇기에 다른 주제의 책도 함께 필사하는 것이 좋다.

큰 성과물은 작은 실천으로부터 얻는다

큰 성과물은 작은 실천으로부터 얻는다. 별일 아닌 것 같은 행동 하나가 시간이 지나면서 많은 것을 만들어 낸다. 생활에서 작은 실천하나로 큰 열매의 결과를 얻게 되는 것을 보면서 그런 생각을 하게 된다. 매일 하는 작은 실천이 그동안 내 인생에서 없었던 새로운 결과물과 새로운 인생의 계기가 되는 것이다.

어쩌면 세상 가장 쉬운 것이 필사이다

어쩌면 작은 행동이랄 수 있는 필사로 인해 얻는 효과는 크다. 필사는 그렇게 어렵지 않은 일이다. 베껴 쓰는 것이니 쉽게 할 수 있다.

하지만 그것의 결과는 작지 않다. 책을 출간할 수도 있다. 왜냐하면 필사는 곧 쓰는 것이고 쓰는 행위는 점점 더 쓰는 행위를 하게 한다. 또한, 1꼭지 쓰는 방법도 알게 되어 결국 책 쓰기로 이어질 수 있기 때문이다. 책 쓰기를 진정 원하는 사람이라면 일단 필사를 해야 한다. 책을 쓰려는 사람에게 매일 쓰는 일이 우선이다. 블로그를 잘하기 위해서는 매일 블로그 포스팅을 해야 하듯이 책을 쓰려는 사람에게 잘 쓰든 못 쓰든 매일 쓰는 것이 중요하다.

꾸준히 하지 않고서 얻을 수 있는 것은 없다

사실 무엇인가를 꾸준히 한다는 것이 쉽지는 않다. 하지만, 무엇인가를 꾸준히 하지 않고는 세상에서 얻을 수 있는 것은 없다. 포스팅도 1일 1 포스팅을 해야 자신이 원하는 실력이 쌓이고 어떤 결과물도 있게 마련이다. 1일 1 포스팅을 못하더라도 그런 마음으로 하면 매일 노력한 결과는 반드시 있기 마련이다. 그것처럼 필사도 매일 한 챕터씩 하는 것이 필요하다. 1일 1 챕터 필사하기를 꾸준히 한다면 자신의 책 한 권 쓰는 날은 가까워질 것이다.

남에게 읽히기 위해선,
서론-본론-결론 형식을 갖춰서 써야 한다

남에게 읽히기 위한 글이라는 것은 형식이 필요하다. 이 형식이 바로 예의라고 할 수 있겠다. 사람을 대할 때 내가 하고 싶은 대로, 내가 하고 싶은 말만 쏟아 내는 것이 아니라, 그 사람을 배려하며 예의를 지켜서 할 말 안 할 말 구분한 후 말하는 것처럼 글도 마찬가지다.

내 마음대로, 내 위주로 쓴다면 그 글을 끝까지 읽으려는 사람은 거의 없을지 모른다.

글에서 이런 예의가 바로 글의 형식이라고 말한다. 예의이기도 하면서 읽힐 수 있는 글의 형식은 바로 서론-본론-결론이다.

우리가 꼭 배워야 할 배움은 글쓰기이다

그동안, 글 쓸 기회를 얻지 못했다는 것은 참으로 아쉽다. 말하는 것도 마찬가지지만 글 쓰는 것도 우리가 꼭 배워야 할 가치 있는 배움이기 때문이다. 사람이 살면서 배워야 할 그 어떤 배움보다도 더 가치 있는 것이 바로 글쓰기란 것을 나는 강하게 느끼고 있다. 머릿속에 수많은 지식과 지혜가 있지만, 그것을 공유하지 못한다면 무슨 의미가 있겠는가? 내가 알고 있는 것을 말하고 글로 써서 다른 사람과 공유하고 공감하며 후대에도 물려 주고자 할 때, 그때 필요한 것이 바로 형식을 갖춘 글이다.

책을 쓰려면 형식을 갖춘 글을 써야 한다

책을 쓰려면 형식을 갖춘 글을 쓸 수 있어야 한다. 대표적인 형식이 서론-본론-결론이다. 이것을 갖춘 A4 2장을 쓰는 연습을 필사로 매일 한다면 책 쓰기 초고 완성도 그리 어려운 것은 아닐 것이다.

나는 지금도 서론-본론-결론을 생각하면서 글을 쓴다. 서론-본론-결론, 이것을 어떻게 쓰는지에 익숙해지면 글의 형식이 눈에 보인다.

또한 빠르게 읽을 수도 있다. 서론-본론-결론에 익숙해지면 우리는 많은 것을 할 수 있다는 것이다. 필사할 때부터 서론-본론-결론을 찾으면서 해보자. 형식을 생각하고 필사한다면 그 형식을 갖춘 1꼭지 쓰기도 머지않아 가능하게 된다.

글쓰기에 대한 거부반응을 없애는 방법도 필사이다

그동안 쓰는 삶, 쓰는 일상이 거의 없었기에 쓰는 것 자체에 대해 무의식적 거부반응이 생겼다.

사람마다, 조금씩의 차이는 있지만, 대부분 이런 거부반응이 있다.

책 쓰기 전에 글쓰기 거부반응을 최소화한 몸 상태로 먼저 만들어야 한다. 몸에서 나타나는 거부반응은 몸의 움직임으로 풀어야 한다. 탈 감작이란 용어가 있다. 이것은 알레르기 증상이, 알러지 원에 노출 횟수가 많아질수록 알러지 증상이 없어진다는 개념으로 치료의 한 방법으로 사용하고 있다.

그 방식을 글쓰기, 책 쓰기에도 적용해보는 것이다. 글쓰기에 대한 거부반응을 없애는 그 방법이 바로 필사이다.

글쓰기는 인간의 타고난 본능이다

말하는 것이 인간의 본능이듯이 쓰는 것도 인간의 타고난 본능이다. 단지, 그것을 확인할 길이 그동안 없었을 뿐이다. 최근 사람들은 짧은 메시지를 매일 쓰면서 살고 있지 않은가? 전혀 스트레스 없이 일상처럼 글을 쓰며 살고 있다. 이제 긴 글쓰기에 자신을 노출시켜볼 때이다. 아마도 반복된 글쓰기를 통해 짧은 글 쓰듯 다소 긴 글도 일상처럼 편안하게 쓸 수 있을 것이다.

자신감은 책 쓰기의 큰 원동력이다. 필사로 글쓰기 자신감을 키워라

책 쓰기에 대한 자신감은 책 쓰기 도전을 하게 한다.

글쓰기에 대한 자신감을 계속 유지하면 초고 완성까지 무난히 진행할 것이다.

자신감은 책 쓰기의 큰 원동력이 되는 것이다. 자신감은 어떻게 해서 생길 수 있을까? 그 분야에 대해서 잘 알게 되고, 잘하게 되면 생긴다. 필사하면서 남의 글일지라도 매일 쓰면 어제보다 성장하고 자신감도 갖추게 된다.

나도 책 쓰기 전 2개월간 필사했다

나도 첫 책을 위한 초고를 쓰기 전, 2개월 정도 필사를 했다. 그전에는 글 쓰는 것과 거리가 먼 생활을 했었기에 무엇인가를 일단, 쓰자는 단순한 생각으로 시작했다. 하지만, 아주 단순한 그 행동의 효과는 놀라웠다. 시간이 넉넉하다면 2개월 정도 필사를 하고, 그 정도면 책 쓰기 준비가 어느 정도 되었다고 본다.

시작이 어렵지, 막상 시작하면 가속도가 붙는다

"하다 보면 점점 발동이 걸린다."라고 말한다. 처음 시작하기가 어렵지, 막상 시작하면 생각지도 않게 가속도가 붙는다.

점점 잘하게 되고 더 잘하고 싶은 마음의 변화가 일어난다. 꼭 해내고 말겠다는 강한 의지, 욕망도 생긴다. 그런 마음의 변화로 세상 가장 힘들 것 같았던 책쓰기가 내 삶이 된다.

시작하면 점점 긍정적인 변화가 일어나고 끝까지 하고자 하는 욕망이 생겨 결국 내 이름 적힌 책을 출간하게 된다.

책은 세상살이 문제를 해결하는 실마리다

세상살이 어떤 어려움에 봉착했을 때는 다른 곳에서 헤매지 말고 집에서 조용히 책과 함께 그 문제를 해결해보라고 강조하고 싶다. 모든 문제의 해결은 자신의 마음에서부터 나온다. 그 마음을 다스리게 도와주는 것이 바로 책이다. 그렇게 책은 세상살이 문제를 해결하는 데 실마리가 된다. 이런 책의 도움을 받았기에 나도 내가 받은 대로 세상에 조금이라도 돌려주고 싶었다. 그래서 책을 쓰고자 하는 마음이 강하게 들었다. 하지만 방법을 몰라 일단은 무작정 필사를 시작했다

필사 한 달 하니, 내 글을 써보고 싶다는 생각이 들었다

필사 한 달 정도 쓰고 보니, 나도 한 번 내 글을 써보고 싶다는 생각이 들었다. 사실 처음에는 읽히는 글을 잘 못 써서 필사를 시작했다.

남들에게 읽히는 글, 내가 과연 그런 글을 쓸 수 있을까? 하는 의심이 있었다.

그래서 필사라도 해야겠다는 마음으로 필사를 시작한 것이다. 사람은 적응의 동물이라고 했다, 어떤 상황에서도 시작과 달리 변화가 일어난다. 서서히 성장한다. '남의 글을 베껴 쓰는 것이 무슨 가치가 있을까?'라며 크게 기대하지 않았지만, 필사는 나에게 글쓰기 자신감을 심어주었다. 이것은 곧 '글쓰기, 나도 할 수 있겠어!' 라는 확신이었다.

완벽함을 도모한다면, 글 쓰지 못한다

필사하면 '나도 쓸 수 있겠다.'라는 생각이 드는 때가 반드시 온다. 그런 마음이 들 때까지 느긋하게 필사하면 된다. 사람에 따라 한 달 뒤가 될 수도 있고, 두 달 뒤가 될 수도 있다. 꼼꼼한 사람이라면, 좀 더 완벽하게 쓰고 싶기에 더 시간이 필요할 수 있다. 하지만 너무 완벽함을 도모하면 글쓰기는 하지 못한다는 점을 기억하자. 글쓰기를 하지 못하면 책 쓰기도 하지 못하게 된다. 남의 글쓰기 한 50%정도 흉내 낼 수 있다는 생각이 든다면 바로 내 글을 시작해보자.

글을 잘 쓰려면 어떤 방식이로든 글을 써야 한다

수영을 잘하고 싶으면 직접 수영을 해야 하고,

영어를 잘하고 싶으면 자주 영어로 말해야 하고,

말을 잘하고 싶으면 말을 많이 해 봐야 한다.

그것처럼 책을 쓰려면 직접 글을 써야 한다.

그래서 찾은 해답은 어떤 방식이로든 글을 써야 한다는 것이었다.

내 글이든 남의 글이든 가리지 말고 글을 많이 써야 한다는 결론에 이르렀다.

필사는 책 쓰기에 대한 간절함에서 비롯되었다

무작정 많이 쓰기 위해 필사를 하게 되었다. 왜냐하면 내 생각을 쓰는 글이 처음에는 쉽지 않았기 때문이다. 책 쓰기는 일기 쓰기가 아니다. 누군가가 읽을 수 있는 글을 써야 하는데, 일기 쓰듯이 쓸 수는 없었다. 일반 책을 보면서 어떻게 사람들한테 읽히는 책을 썼는지, 그것을 생각하면서 필사했다. 필사는 책 쓰기에 대한 간절함에서 비롯되었다.

나에게 필사해보라고 힌트를 준 사람은 없었다. 세상살이 살아남기 위해 나름의 처세술을 익혀나가듯이, 책을 써내기 위해서 필사라는 것을 나는 스스로 발견했다. 이것은 나의 무의식이 나에게 알려준 해법이라고 지금도 생각한다.

필사를 꾸준히 한다면 책을 쓸 수 있다

사람들은 책 쓰기 시작이 어렵다. 하지만 단지 지금 쓰기 전의 기분상 책 쓰기가 어렵다는 것이지 실제 막상 해보면, 아닐 수도 있다. 책 쓰기를 쉽게 접근할 방법은 분명히 있고. 그 방법이 바로 필사이다. 그대로 베껴 쓰기만 하면 되기 때문에 필사는 누구나 할 수 있다.

누구나 할 수 있으면서 그 효과는 크다. 필사를 꾸준히 한다면 좀 더 쉽게 책 쓰기를 성공할 수 있을 것이라고 강조한다.

내 글 남의 글, 구분하지 말고 꾸준히 쓰자

"배고프면 찬밥 더운밥 가리지 않는다."

이 문구는 배고플 때만 해당되는 것이 아니다. 쓰기를 처음 시작할 때도 똑같이 적용된다. 글쓰기나 책 쓰기 처음 시작할 때는 내 글, 남의 글 구분하지 말아야 한다. 즉, 남의 글도 쓰고 내 글도 써야 한다.

남의 글을 먼저 써야, 내 글도 씁니다

초판 1쇄 발행 | 2024년 11월 8일

지은이 | 나애정
펴낸이 | 김지연
펴낸곳 | 생각의빛

출판등록 | 2018년 8월 6일 제 406-2018-000094호

ISBN | 979-11-6814-083-7(03810)

원고 투고 | sangkac@nate.com

* 값 16,800원